Analyse de l'œuvre

Par Elena Pinaud et Larissa Duval

Vendredi ou la Vie sauvage

de Michel Tournier

lePetitLittéraire.fr

Rendez-vous sur lepetitlitteraire.fr et découvrez :

Plus de 1200 analyses
Claires et synthétiques
Téléchargeables en 30 secondes
À imprimer chez soi

MICHEL TOURNIER

ÉCRIVAIN FRANÇAIS

- **Né en 1924 à Paris**
- **Quelques-unes de ses œuvres :**
  - *Vendredi ou les Limbes du Pacifique* (1967), roman
  - *Le Roi des aulnes* (1970), roman
  - *Les Météores* (1975), roman

Michel Tournier est un écrivain français né en 1924 à Paris. Il commence sa carrière comme journaliste à la radio et collabore avec des journaux comme *Le Monde* ou *Le Figaro*. En 1967, il publie son premier roman, *Vendredi ou les Limbes du Pacifique*, qui reçoit le grand prix du roman de l'Académie française. En 1970, il gagne le prix Goncourt pour son récit *Le Roi des aulnes*. Il devient membre de l'Académie française en 1972 et il se retire à la fin de l'année 2010. Pendant tout ce temps, il continue à publier des romans, mais aussi des contes, des nouvelles et des essais.

Le style de Tournier est influencé par la littérature allemande, et son œuvre oscille entre réalisme et fantastique. Il propose une nouvelle lecture de l'histoire, des mythes et des religions.

VENDREDI OU LA VIE SAUVAGE

UN ROMAN D'AVENTURES ET D'INITIATION

- **Genre :** roman jeunesse
- **Édition de référence :** *Vendredi ou la Vie sauvage*, Paris, Gallimard, coll. « Folio Junior », 2000, 176 p.
- **1ʳᵉ édition :** 1971
- **Thématiques :** solitude, amitié, naufrage, survie, initiation, civilisation

Vendredi ou la Vie sauvage (1971) est une version simplifiée (il s'agit d'un livre pour enfants) de *Vendredi ou les Limbes du Pacifique* (1967). Ce dernier ouvrage est principalement une œuvre philosophique, tandis que la version pour enfants est un roman d'aventures et d'initiation aux secrets de la nature et au mode de vie solitaire.

Tournier y revisite le mythe de Robinson Crusoé. D'une part, il maintient l'histoire du naufrage de Robinson, rendue célèbre au xvIIIᵉ siècle par l'écrivain anglais Daniel Defoe (1660-1731) ; d'autre part, il innove en accordant davantage d'importance à l'indigène Vendredi et au parcours initiatique du héros sur l'ile.

RÉSUMÉ

LE NAUFRAGE

Le 29 septembre 1759, Robinson, en route pour le Chili, se trouve à bord de la galiote *La Virginie* quand une tempête terrible se déchaine sur l'océan. Des récifs immobilisent le bateau pendant quelques jours au bout desquels les matelots sont balayés par une vague géante. Robinson, seul survivant de la catastrophe, se retrouve alors sur une ile déserte. Il ne le sait pas encore, mais il va y passer le restant de sa vie. Pourtant, l'occasion de quitter l'ile se présentera un jour à lui.

Comme il n'y a pas de navires à l'horizon, il décide de fabriquer un bateau pour atteindre le Chili par ses propres moyens. Il entame donc la construction de son embarcation, nommée *L'Évasion*, à l'aide d'outils dénichés à bord de *La Virginie*. Cependant, une fois le travail terminé, Robinson se rend compte que son chantier est trop loin de l'eau et qu'en outre, le déplacement de l'engin est impossible. Découragé et épuisé après cet échec, Robinson abandonne tout effort moral et physique, et se conduit comme les pécaris (cochons sauvages d'Amérique) : il plonge dans la souille des journées entières, ne se lave pas et a des hallucinations à cause des émanations des eaux.

Purtant Robinson décide un jour de se reprendre en main en tournant le dos à la mer qui ne lui apporte aucun secours et en se concentrant sur l'ile :

- il récupère des livres, dont les feuilles blanchies par l'eau lui servent de journal ;
- il dessine une carte de l'ile, qu'il baptise Speranza (« espoir ») dans le but de « ne plus jamais se laisser aller au désespoir » (p. 31) ;
- il aménage une grotte, afin d'abriter les provisions sauvées de *La Virginie* ;
- il domestique des chèvres et cultive des céréales.

Toutefois, le jour où ses outils se brisent et où sa meilleure chèvre s'échappe, il tombe à nouveau dans la désespérance et replonge dans la souille. Cependant, il comprend vite que seul le travail peut le sauver de la « paresse [et] du découragement » (p. 33).

La réapparition du chien Tenn, qui a également survécu au naufrage, provoque un changement majeur chez Robinson : il se construit une maison, porte désormais de beaux vêtements pour le diner et commence à mesurer le temps avec une clepsydre et « un calendrier local » (p. 36). Avec Tenn, il réapprend aussi à sourire. Un jour, en explorant le fond de la grotte qui lui sert d'entrepôt, Robinson tombe dans un petit trou qui lui rappelle le ventre de sa mère. Il y reste longtemps et réitère cette expérience à plusieurs reprises, « pour y retrouver la paix merveilleuse de son enfance » (p. 58). Mais il finit par se rendre compte qu'il s'agit d'une forme de paresse et que la construction d'une rizière occuperait mieux ses journées.

Le millième jour de son calendrier, il rédige une charte, avec des lois concernant l'organisation et l'administration de l'ile, tout en se proclamant gouverneur. Après avoir été le témoin involontaire d'un rituel sacrificiel pratiqué par une quarantaine d'Indiens araucans venus en pirogue depuis les côtes chiliennes, il transforme sa maison en une sorte de forteresse, par crainte d'une attaque.

VENDREDI

Quelque temps plus tard, il est à nouveau témoin du rituel de sacrifice des Indiens araucans. Or, cette fois, il est repéré et, pour ne pas se faire tuer, il tire et sauve une des victimes. Il ne se doute pas encore que cette rencontre bouleversera le cours de son existence. L'Indien, renommé Vendredi parce qu'il s'agit là du jour où il a été sauvé, devient aussitôt le serviteur très docile de Robinson, avec qui il peut communiquer grâce à ses progrès en anglais. Peu à peu, il parvient à faire des jeux de mots, des associations surprenantes et des devinettes. Robinson paye ses services, mais Vendredi ne comprend pas le sens du système mis en place par son maitre : à quoi bon la civilisation sur une ile déserte ?

Pendant ses moments de liberté, l'Indien fait des choses qui répugnent Robinson. Celui-ci est même très déçu de voir que son compagnon s'est aménagé un petit univers à lui, dans la forêt. Il découvre aussi le tabac et le plaisir de fumer, mais, en jetant un jour la pipe allumée dans la grotte où est entreposée la poudre explosive sauvée de *La Virginie*, l'Indien provoque une explosion qui détruit tout sur l'ile.

Dans l'espace sauvage ainsi recréé, Vendredi prend les commandes et encourage Robinson à s'exposer au soleil, à participer à des jeux sportifs et à cuisiner très simplement dans un trou rempli de braises ou sur le feu. La première dispute entre les deux hommes a pour objet un plat de serpents et de sauterelles préparé par l'Indien, que Robinson refuse d'avaler. Pour calmer sa colère, Vendredi réalise, avec des plantes et des tiges, un mannequin qui ressemble à Robinson et qu'il frappe. Ce dernier fabrique alors à son tour une statue en sable qui représente Vendredi : dès lors, chaque fois qu'un différend survient, les deux hommes se vengent sur leurs effigies. Vendredi invente aussi le jeu des déguisements : chacun prend l'apparence de l'autre et ils peuvent ainsi se moquer l'un de l'autre.

Un jour, Vendredi sauve une jeune chèvre avec laquelle il se lie d'amitié. Pour la préserver, l'Indien affronte et tue Andoar, le bouc le plus imposant de l'ile. Il fabrique ensuite un cerf-volant avec sa peau afin de profiter du vent qu'il adore, et une harpe avec ses boyaux et son crâne.

Le quotidien de Robinson et de Vendredi est un jour interrompu par l'apparition d'un navire anglais, le *Whitebird*. En discutant avec le capitaine Hunter, Robinson se rend compte qu'il a passé 28 ans sur l'ile et qu'il est âgé de 50 ans : il se croyait plus jeune. Il cache au capitaine son état d'esprit et ne dit rien quand celui-ci lui parle de la guerre d'indépendance des colonies anglaises d'Amérique, ni quand il le met au courant de l'ampleur du commerce d'esclaves, ni quand les marins dévalisent son ile. Le repas très gras pris à bord du *Whitebird* le dégoute, tout comme la vue d'un mousse (très jeune marin) exploité et frappé. Il comprend que, pour l'équipage, il est vieux, tandis que sur l'ile, il se sent libre, jeune et heureux. Pour préserver cela, il doit rester sur Speranza et décide donc de ne pas la quitter. Hunter accepte de ne pas dévoiler cette rencontre et de ne pas signaler la position de l'ile.

Le lendemain, Robinson réalise que Vendredi l'a abandonné pour rejoindre le *Whitebird*. En revanche, le jeune mousse qui, lassé de ces mauvais traitements, s'est enfui du navire, veut rester avec lui. Il le rebaptise Dimanche, « jour des fêtes, des rires et des jeux » (p. 151). Robinson, quant à lui, après avoir été initié à la vie sauvage, est content de pouvoir se créer une nouvelle existence.

ÉTUDE DES PERSONNAGES

ROBINSON

Ce jeune Anglais a quitté sa famille pour essayer de faire fortune dans le commerce entre l'Amérique et l'Europe, ce qui était une pratique courante au XVIIIe siècle. Il est maniéré, croyant et respectueux de la discipline. C'est un représentant digne de la société anglaise de son temps. Il en fournit la preuve au moment où il établit sur l'ile un rythme quotidien très strict, respectant les heures des prières, l'hymne et le drapeau de sa nation, ainsi que la manière occidentale de se vêtir pour le diner.

Cependant, cette rigueur ne dure pas et plusieurs transformations marquent l'évolution du héros sur l'ile :

- il est d'abord un simple naufragé paniqué et espérant un sauvetage ;
- il tombe ensuite à l'état d'animal lors des épisodes de la souille ;
- il devient un nouvel Adam, comme l'indique la scène où il rencontre un bouc qui ne le fuit pas, ce qui signifie qu'il n'a jamais vu d'homme et qu'il pense que Robinson est un animal : cet épisode rappelle l'époque originelle où Adam et les animaux vivaient en connivence. Il crée dès lors son éden, au début naturel (ses repas sont faits de fruits, il dort sous des arbres, il ne tient pas compte du temps qui passe), ensuite moderne, à l'image de la société anglaise qu'il a quittée (en témoignent notamment le style architectural et militaire de sa maison ou la charte qu'il

rédige) ;

- il redevient par la suite enfant. C'est le cas lors des séquences où il se réfugie dans le trou découvert au fond de la grotte, symbole à la fois de sa mort et de sa renaissance ;
- il se fait maitre et serviteur. Tout d'abord, sa rencontre avec Vendredi lui permet de poursuivre son mode de vie à l'occidentale puisqu'en en tant que gouverneur de l'ile, il en fait son serviteur. Par la suite, Robinson abolit les règles, car, une fois l'ile détruite, il dépend de Vendredi pour s'initier à la vie sauvage. Les rôles se sont donc inversés ;
- il redevient Adam, vivant dans l'univers paradisiaque de l'ile avec un compagnon, Dimanche, garant de sa jeunesse.

Robinson, personnage historique et fictionnel, est aussi symbolique. D'une part, tout comme lui, il arrive que nous nous sentions des naufragés sociaux, alors que nous vivons au milieu de nos semblables, à cause de la pression quotidienne ou de nos problèmes personnels. D'autre part, certaines personnes veulent tout quitter pour retourner à la nature et refusent la société, à l'instar de Robinson qui ne veut plus partir de son ile. Celui-ci constitue donc une illustration de la solitude humaine.

VENDREDI

Vendredi est un jeune Indien à la peau plus foncée que celle de ses semblables, ce qui fait de lui un être à part et lui vaut d'être désigné comme deuxième victime lors du sacrifice alors que d'habitude il n'y en a qu'une. Il est très enfantin, joueur et créatif. Il se contente de ce que la nature lui offre comme nourriture et comme possibilités d'amusement. Ce n'est pas un sauvage au sens littéral du terme. S'il vit d'après des lois ancestrales et est membre d'une société archaïque, il se montre très intelligent et attachant : il apprend rapidement à être un serviteur modèle et à respecter le système de Robinson, sans l'approuver pour autant.

On constate une évolution dans son parcours : de serviteur, il devient le maitre de Robinson et de la nature (on le voit lors de la scène où il tue Andoar, le bouc). Après l'explosion, il est aussi le guide du héros dans les lois de la vie sauvage.

C'est un être éolien : il transforme les restes d'Andoar en harpe pour sentir la force du vent qui, touchant les cordes de l'instrument, crée de la musique et des vibrations qui l'enchantent. Le *Whitebird* l'attire justement parce que c'est un voilier : monté en haut du mât, Vendredi aime sentir le vent l'entourer. Comme cet élément, il est fort, mais instable et inconstant : il change d'humeur très vite et finit d'ailleurs par quitter son maitre.

DIMANCHE

Ce jeune mousse au nom particulier, Jean Neljapaev, est renommé Dimanche par Robinson, et ce de manière symbolique : le dimanche est en effet le jour de la joie et du repos, ce qui est censé annoncer leur futur mode de vie sur l'ile. C'est un enfant, ce qui renforce la sensation de jeunesse de Robinson, et un innocent, ce qui permet de recréer l'éden dans un esprit de candeur.

Il ne sera pas serviteur, mais l'égal de Robinson, car ce dernier a été ému par le sort qu'on lui réservait sur le *Whitebird* et se sent coupable d'avoir traité Vendredi comme son domestique. Dimanche symbolise dès lors la renaissance de l'ile et de Robinson.

LES ANIMAUX

Isolés sur une ile déserte, Robinson et Vendredi développent une relation particulière avec les animaux, dont certains peuvent être considérés comme des personnages du roman.

Pour Robinson, issu d'une culture civilisée qui se définit comme supérieure aux animaux, ceux-ci sont « utiles ou nuisibles » (p. 92) et s'ils sont nuisibles, il est préférable de s'en débarrasser si l'occasion se présente, ou du moins de les éloigner. Les seuls qui valent la peine de garder auprès de soi sont les animaux qui ont une fonction particulière, comme le chien Tenn.

De son côté, Vendredi vit en communion avec la nature et donc avec tous les animaux, sans faire de distinction entre eux par rapport à leur utilité pour l'homme. Il joue avec eux, se mesure à eux, les chasse ou les soigne selon ses besoins ou ses envies. Il prend ainsi soin d'un petit vautour ou apprivoise des rats, mais n'hésite pas à torturer une tortue pour faire de sa carapace un bouclier.

Le chien Tenn

Tenn est un chien rescapé du naufrage de *La Virginie*. Robinson le retrouve alors qu'il vient de se reprendre en main après avoir passé des jours dans la souille comme un cochon sauvage. Le chien marque ainsi le retour du naufragé à la civilisation et accélère d'ailleurs ce processus : c'est en imitant Tenn que l'homme réapprend à sourire, alors qu'il avait oublié comment faire (chapitre 10). Autre marqueur symbolique, Tenn trouve la mort au moment de l'explosion, peu avant le début de l'initiation de Robinson à la vie sauvage. Il marque donc une période de la vie de Robinson sur l'ile.

Michel Tournier fait de ce chien un personnage à part entière du roman, un adjuvant du héros. Il devient ainsi le premier compagnon de Robinson, qu'il suit partout avant de se faire l'ami de Vendredi. Si Tenn reste bien un animal, l'auteur lui prête par moment des sentiments et des comportements presque humains, comme lorsqu'il est « déconcerté de voir [son maitre] si nu et si faible » (p. 71).

La chèvre Anda et le bouc Andoar

Lors de sa phase « civilisatrice », Robinson avait domestiqué un troupeau de chèvre et de boucs. Après l'explosion, ceux-ci retournent à la vie sauvage et s'organisent en groupes commandés par les « maîtres-boucs ». Ces derniers obéissent par ailleurs au « roi-bouc » Andoar, un bouc plus grand, plus fort et plus malin que tous les autres.

Anda est la petite chèvre blanche blessée que recueille Vendredi. Il la soigne, la nourrit et lui réapprend à marcher une fois sa patte réparée. Ils deviennent ensuite inséparables, au point de susciter la jalousie de Robinson face à cette amitié dont il est exclu.

Bien que Vendredi déclare à Robinson qu'Anda est libre de partir à tout moment si elle le désire, il décide d'affronter Andoar lorsque sa protégée le quitte pour le roi-bouc. Vendredi a déjà affronté plusieurs boucs isolés, par jeu, mais Andoar se révèle être un adversaire extrêmement coriace, qui inspire du respect à l'Indien. Il finira toutefois par le vaincre et par transformer ses restes en une harpe et un cerf-volant, une manière de lui rendre hommage en lui redonnant vie.

Les perroquets

Les perroquets, qui arrivent un jour sur l'ile pour y donner naissance à leurs petits, ne jouent pas un grand rôle dans l'histoire, si ce n'est celui de forcer Robinson et Vendredi à trouver un autre moyen de communication que l'échange verbal. Face au vacarme que font les oiseaux répétant sans arrêt leurs paroles, les deux hommes n'ont d'autre choix que d'inventer un langage fait de signes leur permettant de dialoguer silencieusement.

CLÉS DE LECTURE

LA RÉÉCRITURE DU MYTHE DE ROBINSON

Robinson et Vendredi ont réellement existé. Le personnage de Vendredi fait référence à un Indien mosquito oublié à la fin du XVIIe siècle par un navire sur une ile de l'archipel Juan Fernandez (Chili) où il a été récupéré après trois ans. Quant à Robinson, Alexandre Selcraig de son vrai nom, c'est un marin qui a été abandonné quelques années plus tard sur la même ile par le capitaine qui l'avait engagé et avec qui il ne s'entendait pas. Selcraig est resté un peu plus de huit ans sur cette ile avant d'être finalement récupéré par un bateau anglais. Il est ensuite rentré dans son pays natal, l'Angleterre, et a continué sa carrière de marin. Ceux qui l'ont écouté raconter son aventure évoquent son détachement vis-à-vis des choses ordinaires et son regret d'être revenu parmi les siens.

C'est Daniel Defoe (écrivain, 1660-1731), avec son ouvrage *Robinson Crusoé* (1719), qui a rendu le personnage et son histoire célèbres, tout en changeant quelques détails : le nom du protagoniste, la durée de son séjour sur l'ile, sa rencontre avec Vendredi et l'importance de sa solitude, ainsi que de ses effets.

Dans le sillage de Defoe, de nombreux auteurs se sont intéressés à ce personnage, devenu un mythe en même temps que l'incarnation de questions philosophiques et existentielles touchant à la solitude, à la notion d'autrui, à la vie sauvage et civilisée, ainsi qu'à la métamorphose.

L'engouement est tel qu'un terme, « robinsonnade », a été créé pour désigner les ouvrages qui s'inspirent de près ou de loin du roman de Defoe. Il est notamment utilisé pour évoquer *Le Robinson suisse* (1812) de Johan David Wyss, *Le Robinson des glaces* (1835) d'Ernest Fouinet, *Le Robinson du Pacifique* (1835) de James Fenimore Cooper, *Images à Crusoé* (1904) de Saint-John Perse ou encore *Sa Majesté des Mouches* (1954) de William Golding.

Tournier a lu toutes ces œuvres avant d'entamer l'écriture de *Vendredi ou les Limbes du Pacifique*. Ensuite, voulant s'adresser à un public d'enfants, il a simplifié son propre roman. Pour cette seconde version :

- il a éliminé des séquences sur la sexualité de Robinson et sur l'aspect existentiel de ses aventures ;
- il a diminué l'importance de la rencontre entre le marin et le bouc Andoar, et du lien entre Robinson et les éléments de la nature ;
- Jeudi est devenu Dimanche ;
- il a fait de son œuvre un roman d'aventures pour conquérir le jeune public.

LA SOLITUDE

L'homme est par définition un « animal social », et celui qui vit dans la société standardisée de l'époque de Robinson l'est d'autant plus, car il est habitué à vivre selon des règles religieuses, administratives et morales bien précises impliquant toute la communauté.

Le héros vit donc la solitude comme une maladie presque

mortelle, qui touche sa raison, ses sens et son physique :

- il plonge dans la souille comme les animaux ;
- il a des hallucinations ;
- il ignore la saleté dans laquelle il se trouve ;
- sa barbe et ses cheveux poussent sans qu'il s'en aperçoive ;
- il perd la faculté de sourire et presque celle de parler.

La solitude est une aventure spirituelle forte. Elle provoque une alternance entre des périodes de désespoir, de folie et de travail physique titanesque. Par exemple, transformer l'ile en un univers à l'anglaise a pris à Robinson des années, mais le but était de combattre la solitude. La compagnie de Tenn, puis celle de Vendredi, l'aident à vaincre ses moments de crise.

C'est la solitude qui est le vrai problème pour Robinson, et non le fait d'être isolé ou d'être devenu marginal. Après 28 ans passés sur une ile loin de l'évolution des sociétés qu'il connaissait, il est devenu en quelque sorte « supérieur » aux marins du *Whitebird* qui se jettent littéralement sur les ressources de Speranza et qui troquent des esclaves sans remords.

La solitude comme problème existentiel dépasse la simple histoire du marin naufragé. En effet, comme nous l'avons déjà dit, de nos jours, l'homme se sent seul tout en étant entouré par ses semblables. La solitude de Robinson, thème majeur du livre, reflète donc la crise de l'homme contemporain.

LA DOUBLE INITIATION

Robinson vit sur l'ile une double initiation : l'une concerne les éléments naturels et l'autre est liée à son for intérieur.

L'initiation aux éléments de la nature comprend quatre étapes :

- l'étape aquatique. Robinson découvre la force de l'eau. Celle-ci peut être destructrice (les eaux sales dans lesquelles il plonge sont à l'image des zones noires de son être), mais aussi conciliante puisque l'eau représente la voie par laquelle le salut (des navires) peut arriver et le moyen de garder sa propreté physique, garante d'un état intérieur plus stable ;
- l'étape tellurique. La terre, figure féminine, fait don à Robinson de toutes ses ressources. Elle est aussi son refuge maternel (le trou dans le fond de la grotte) ;
- l'étape aérienne. Robinson apprend à écouter et à sentir le vent ;
- l'étape solaire. Robinson qui, au début, fuyait le soleil, finit par ne plus se cacher de l'astre, dont il jouit de la lumière et de la force créatrice.

Quant à la métamorphose intérieure de l'Anglais, c'est Vendredi qui en est responsable en le formant à la nature sauvage. Si, au début de son naufrage sur l'ile, l'ancien marin essaie de reconstituer son mode de vie occidental, il finit par se rendre compte que cet univers est éphémère et inutile. L'explosion provoquée par Vendredi annonce le début d'une nouvelle ère régie par les règles de la nature et par les instincts de chacun. Elle ne représente donc pas uniquement la destruction du milieu reconstruit par Robinson : elle signe aussi la disparition de celui qu'il a été jusque-là. Vendredi lui apprend à écouter la nature et à s'oublier, et parvient à en faire « un bon sauvage » complètement coupé de son milieu originel dans lequel le héros ne veut d'ailleurs plus retourner.

LA CIVILISATION

« Civiliser » est un mot récurrent dans ce livre et signifie, comme l'entendait Daniel Defoe, transformer la nature, cultiver des plantes, dompter des animaux, et avoir une armée ainsi qu'une administration. C'est ce que tente tout d'abord de faire Robinson sur l'ile. Tout ceci est d'ailleurs consigné dans une charte, dans laquelle il est aussi question de vertu et de vice, de bien et de mal, notions que Robinson tient à distinguer sur son ile déserte pour préserver sa droiture. Il se rappelle les préceptes de Benjamin Franklin (philosophe, physicien et politicien américain, 1706-1790), appris dans son enfance, et éparpille sur l'ile des textes qui dénoncent des vices comme le mensonge, l'avarice, la paresse et la coquetterie.

Vendredi, en tant qu'être vivant en dehors de toute morale préétablie, ignore tout cela. À partir du moment où il devient celui qui organise la vie commune sur l'ile, l'image de la société de Defoe et sa suprématie sont renversées. Quand l'explosion qu'il provoque détruit tout ce que Robinson a bâti, celui-ci se sent paradoxalement libéré, car « il en avait assez de cette organisation ennuyeuse et tracassière »

(p. 89). Il découvre que « civiliser », signifie, selon Vendredi, vivre en toute liberté et en connivence avec la nature.

LA RELATION MAITRE-SERVITEUR

Lorsque Robinson sauve la vie de Vendredi, celui-ci devient tout naturellement son serviteur. Le fait que Vendredi lui montre sa reconnaissance d'une manière particulière y contribue peut-être, car les codes comportementaux des deux personnages ne sont pas les mêmes : « L'Indien cherchait à tâtons de la main le pied de Robinson pour le poser en signe de soumission sur sa nuque. » (p. 63)

Avoir un serviteur complète le mode de vie civilisé de Robinson, puisqu'avoir des serviteurs signifiait, dans la société occidentale de l'époque, occuper une position sociale privilégiée. Le marin était une figure notable dans son milieu anglais, et avoir Vendredi comme serviteur lui permettait de recréer une partie de sa vie en Angleterre et de garder l'illusion de son ancien statut.

Il n'en est pas pour autant le vrai maitre de Vendredi. Car c'est bien le serviteur qui transformera le maitre. Ce dernier dépend en effet de l'habileté de Vendredi à organiser la survie et l'animation sur l'ile après l'explosion. Robinson finit d'ailleurs par vivre comme lui. Les doubles (en plantes et en sable) des deux personnages et les jeux de déguisement ont pour but de signaler au héros le changement de position après l'explosion et le fait que, sur l'ile sauvage, un rapport maitre-serviteur ne peut exister.

PISTES DE RÉFLEXION

QUELQUES QUESTIONS POUR APPROFONDIR SA RÉFLEXION...

- À votre avis, pourquoi Robinson essaie-t-il de recréer sur l'ile la vie qu'il a menée en Angleterre ? Y parvient-il ?
- Selon vous, pour quelle(s) raison(s) Robinson se réfugie-t-il plusieurs fois dans le trou de la grotte ?
- Comparez la vie de Robinson avant et après l'explosion. Quelles différences constatez-vous ? Y a-t-il aussi des invariants ?
- Que représentent Robinson et Vendredi l'un pour l'autre tout au long de leur cohabitation sur l'ile ? L'aventure de Robinson aurait-elle été la même sans Vendredi ?
- Interprétez le choix des noms que Robinson donne à l'ile, à son embarcation, à l'Indien et au mousse qu'il sauve.
- Selon vous, pourquoi Robinson décide-t-il de ne plus rejoindre son pays natal ?
- S'il était retourné vivre en Angleterre, pensez-vous qu'il se serait facilement adapté à l'évolution de la société et qu'il se serait réhabitué à son ancien mode de vie ?
- Les personnages de Robinson et de Vendredi sont devenus deux figures mythiques. Expliquez le mythe que chacun d'eux incarne.
- Le personnage de Robinson a connu un grand succès. En témoignent les multiples ouvrages qui se sont inspirés de l'œuvre de Defoe, notamment *Vendredi ou la Vie sauvage*. À votre avis, qu'est-ce qui a fait le succès de ce personnage ?
- Comparez cette œuvre avec son modèle littéraire,

Robinson Crusoé, de Daniel Defoe. Quelles sont les simili-
tudes et les différences entre les deux romans ?

Votre avis nous intéresse !
Laissez un commentaire sur le site de votre librairie en ligne
et partagez vos coups de cœur sur les réseaux sociaux !

POUR ALLER PLUS LOIN

ÉDITION DE RÉFÉRENCE

- Tournier M., *Vendredi ou la Vie sauvage*, Paris, Gallimard, coll. « Folio Junior », 2000.

ÉTUDES DE RÉFÉRENCE

- Bouloumié A., *Michel Tournier. Le roman mythologique*, Paris, Librairie José Corti, 1998.
- Épinette-Brengues F., *Étude sur Michel Tournier*, Vendredi ou les Limbes du Pacifique, Paris, Ellipses, coll. « Résonances », 1998.
- Guichard N., *Michel Tournier – Autrui et la quête du double*, Paris, Didier Érudition, 1989.
- Laroussi F., *Écritures du sujet*, Mons, Sils Maria Éditions, 2006.
- *Le Nouveau Dictionnaire des auteurs*, Paris, Robert Laffont, 1998.
- *Le Nouveau Dictionnaire des œuvres*, Paris, Robert Laffont, 1994.

SUR LEPETITLITTÉRAIRE.FR

- Fiche de lecture sur *Vendredi ou les Limbes du Pacifique* de Michel Tournier.
- Fiche de lecture sur *Robinson Crusoé* de Daniel Defœ.

www.lepetitlitteraire.fr

ISBN version numérique : 978-2-8062-1906-0
ISBN version papier : 978-2-8062-1416-4
Dépôt légal : D/2013/12603/380

Avec la collaboration de Larissa Duval pour le chapitre suivant « Les animaux ».

Conception numérique : Primento,
le partenaire numérique des éditeurs.

Ce titre a été réalisé avec le soutien de la Fédération Wallonie-Bruxelles, Service général des Lettres et du Livre.

DUMAS
- Les Trois Mousquetaires

ÉNARD
- Parlez-leur de batailles, de rois et d'éléphants

FERRARI
- Le Sermon sur la chute de Rome

FLAUBERT
- Madame Bovary

FRANK
- Journal d'Anne Frank

FRED VARGAS
- Pars vite et reviens tard

GARY
- La Vie devant soi

GAUDÉ
- La Mort du roi Tsongor
- Le Soleil des Scorta

GAUTIER
- La Morte amoureuse
- Le Capitaine Fracasse

GAVALDA
- 35 kilos d'espoir

GIDE
- Les Faux-Monnayeurs

GIONO
- Le Grand Troupeau
- Le Hussard sur le toit

GIRAUDOUX
- La guerre de Troie n'aura pas lieu

GOLDING
- Sa Majesté des Mouches

GRIMBERT
- Un secret

HEMINGWAY
- Le Vieil Homme et la Mer

HESSEL
- Indignez-vous !

HOMÈRE
- L'Odyssée

HUGO
- Le Dernier Jour d'un condamné
- Les Misérables
- Notre-Dame de Paris

HUXLEY
- Le Meilleur des mondes

IONESCO
- Rhinocéros
- La Cantatrice chauve

JARY
- Ubu roi

JENNI
- L'Art français de la guerre

JOFFO
- Un sac de billes

KAFKA
- La Métamorphose

KEROUAC
- Sur la route

KESSEL
- Le Lion

LARSSON
- Millenium I. Les hommes qui n'aimaient pas les femmes

LE CLÉZIO
- Mondo

LEVI
- Si c'est un homme

LEVY
- Et si c'était vrai…

MAALOUF
- Léon l'Africain

MALRAUX
- La Condition humaine

MARIVAUX
- La Double Inconstance
- Le Jeu de l'amour et du hasard

MARTINEZ
- Du domaine des murmures

MAUPASSANT
- Boule de suif
- Le Horla
- Une vie

MAURIAC
- Le Nœud de vipères

MAURIAC
- Le Sagouin

MÉRIMÉE
- Tamango
- Colomba

MERLE
- La mort est mon métier

MOLIÈRE
- Le Misanthrope
- L'Avare
- Le Bourgeois gentilhomme

MONTAIGNE
- Essais

MORPURGO
- Le Roi Arthur

MUSSET
- Lorenzaccio

MUSSO
- Que serais-je sans toi ?

NOTHOMB
- Stupeur et Tremblements

ORWELL
- La Ferme des animaux
- 1984

PAGNOL
- La Gloire de mon père

PANCOL
- Les Yeux jaunes des crocodiles

PASCAL
- Pensées

PENNAC
- Au bonheur des ogres

POE
- La Chute de la maison Usher

PROUST
- Du côté de chez Swann

QUENEAU
- Zazie dans le métro

QUIGNARD
- Tous les matins du monde

RABELAIS
- Gargantua

RACINE
- Andromaque
- Britannicus
- Phèdre

ROUSSEAU
- Confessions

ROSTAND
- Cyrano de Bergerac

ROWLING
- Harry Potter à l'école des sorciers

SAINT-EXUPÉRY
- Le Petit Prince
- Vol de nuit

SARTRE
- Huis clos
- La Nausée
- Les Mouches

SCHLINK
- Le Liseur

SCHMITT
- La Part de l'autre
- Oscar et la Dame rose

SEPULVEDA
- Le Vieux qui lisait des romans d'amour

SHAKESPEARE
- Roméo et Juliette

SIMENON
- Le Chien jaune

STEEMAN
- L'Assassin habite au 21

STEINBECK
- Des souris et des hommes

STENDHAL
- Le Rouge et le Noir

STEVENSON
- L'Île au trésor

SÜSKIND
- Le Parfum

TOLSTOÏ
- Anna Karénine

TOURNIER
- Vendredi ou la Vie sauvage

TOUSSAINT
- Fuir

UHLMAN
- L'Ami retrouvé

VERNE
- Le Tour du monde en 80 jours
- Vingt mille lieues sous les mers
- Voyage au centre de la terre

VIAN
- L'Écume des jours

VOLTAIRE
- Candide

WELLS
- La Guerre des mondes

YOURCENAR
- Mémoires d'Hadrien

ZOLA
- Au bonheur des dames
- L'Assommoir
- Germinal

ZWEIG
- Le Joueur d'échecs